ORLANDO NILHA

1ª edição – Campinas, 2022

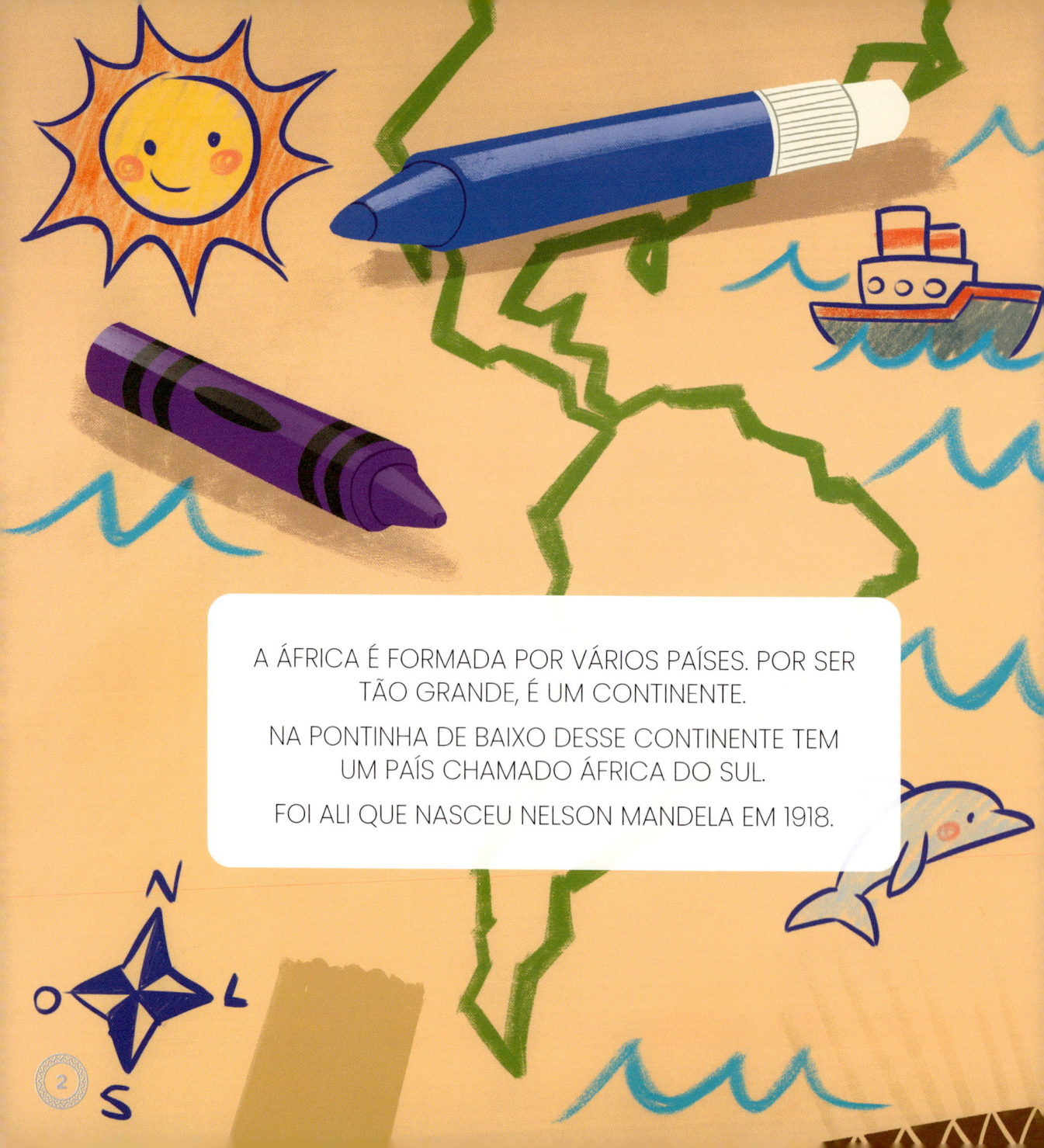

A ÁFRICA É FORMADA POR VÁRIOS PAÍSES. POR SER TÃO GRANDE, É UM CONTINENTE.

NA PONTINHA DE BAIXO DESSE CONTINENTE TEM UM PAÍS CHAMADO ÁFRICA DO SUL.

FOI ALI QUE NASCEU NELSON MANDELA EM 1918.

UM BELO DIA, O REI DA ALDEIA DISSE QUE MANDELA DEVIA SE CASAR.

ELE NÃO QUERIA SE CASAR SEM AMOR, ENTÃO FUGIU PARA UMA CIDADE GRANDE CHAMADA JOANESBURGO.

NAQUELE TEMPO, EXISTIAM LEIS CHAMADAS DE "APARTHEID", QUE SIGNIFICA "SEPARAÇÃO". ESSAS LEIS DAVAM ÀS PESSOAS BRANCAS O DIREITO DE TEREM SEMPRE O MELHOR DO QUE EXISTIA NA SOCIEDADE.

TUDO ERA SEPARADO. CRIANÇAS NEGRAS NÃO ESTUDAVAM NAS MESMAS ESCOLAS DAS CRIANÇAS BRANCAS.

PESSOAS NEGRAS NÃO PODIAM USAR OS MESMOS TRENS

NEM SENTAR NOS MESMOS BANCOS DE PRAÇA USADOS PELOS BRANCOS.

ENQUANTO AS PESSOAS BRANCAS VIVIAM BEM ALIMENTADAS EM CASAS BOAS, AS PESSOAS NEGRAS SOFRIAM E ÀS VEZES ATÉ PASSAVAM FOME.

MESMO ENFRENTANDO DIFICULDADES, MANDELA ESTUDOU BASTANTE E SE TORNOU ADVOGADO.

ELE E SEUS AMIGOS LOGO SE UNIRAM PARA LUTAR POR JUSTIÇA E LIBERDADE.

MANDELA SE TORNOU UM GUERREIRO DA IGUALDADE.

ELE QUERIA QUE TODOS FOSSEM CONSIDERADOS IGUAIS E TRATADOS DA MESMA MANEIRA.

COMEÇOU A VIAJAR PELO PAÍS E A JUNTAR PESSOAS QUE PENSAVAM COMO ELE.

CHEGOU A IR PARA OUTROS PAÍSES EM BUSCA DE AJUDA.

FORAM ANOS DIFÍCEIS, MAS MANDELA USOU O TEMPO NA PRISÃO PARA ESTUDAR E APRENDER COMO TORNAR O SEU PAÍS UM LUGAR MELHOR PARA TODOS.

A FORÇA DE MANDELA IA ALÉM DAS GRADES DA PRISÃO.

MUITOS JOVENS QUERIAM SER IGUAIS A ELE.

E A LUTA CONTRA AS LEIS TERRÍVEIS DO "APARTHEID" PRECISAVA CONTINUAR.

EM OUTROS PAÍSES DO MUNDO, AS PESSOAS PEDIAM A LIBERTAÇÃO DE MANDELA.

ENQUANTO ISSO, OS PROTESTOS NAS RUAS DA ÁFRICA DO SUL FICAVAM CADA VEZ MAIS VIOLENTOS.

QUANDO FREDERIK WILLEM DE KLERK SE TORNOU O PRESIDENTE DO PAÍS, ELE PROCUROU MANDELA PARA TENTAR RESOLVER OS PROBLEMAS DA POPULAÇÃO.

FINALMENTE A BOA NOTÍCIA CHEGOU: DEPOIS DE 27 ANOS, MANDELA ESTAVA LIVRE.

QUANDO SAIU DA PRISÃO, MANDELA ACALMOU AS PESSOAS COM SUA VOZ TRANQUILA E SUAS BELAS PALAVRAS.

ELE E FREDERICK RECEBERAM O FAMOSO PRÊMIO NOBEL DA PAZ POR ACABAREM COM O "APARTHEID".

TODOS PASSARAM A SER CONSIDERADOS IGUAIS.

HAVIA CHEGADO A HORA DE ESCOLHER UM NOVO LÍDER.

AS PESSOAS ENFRENTARAM FILAS ENORMES PARA VOTAR E ELEGER MANDELA PRESIDENTE DA ÁFRICA DO SUL.

O PAÍS ESTAVA PRONTO PARA SUPERAR OS SEUS PROBLEMAS EM BUSCA DA PAZ.

PRESIDENTES DO MUNDO INTEIRO VISITARAM A ÁFRICA DO SUL PARA PARABENIZAR MADIBA.

NELSON MANDELA SE TORNOU UM SÍMBOLO DE IGUALDADE, ESPERANÇA E JUSTIÇA.

EDITORA MOSTARDA
WWW.EDITORAMOSTARDA.COM.BR
INSTAGRAM: @EDITORAMOSTARDA

© A&A STUDIO DE CRIAÇÃO, 2022

DIREÇÃO:	PEDRO MEZETTE
COORDENAÇÃO:	ANDRESSA MALTESE
PRODUÇÃO:	A&A STUDIO DE CRIAÇÃO
TEXTO:	ORLANDO NILHA
REVISÃO:	ELISANDRA PEREIRA
	MARCELO MONTOZA
	NILCE BECHARA
DIAGRAMAÇÃO:	IONE SANTANA
ILUSTRAÇÃO:	LEONARDO MALAVAZZI
	HENRIQUE S. PEREIRA
	GABRIELLA DONATO

```
Dados Internacionais de Catalogação na Publicação (CIP)
        (Câmara Brasileira do Livro, SP, Brasil)

Nilha, Orlando
     Mandela / Orlando Nilha. -- 1. ed. -- Campinas,
SP : Editora Mostarda, 2022.

     "Edição especial"
     ISBN 978-65-88183-69-4

     1. Ativistas pelos direitos humanos - África do
Sul - Biografia - Literatura infantojuvenil
2. Mandela, Nelson, 1918-2013 - Literatura
infantojuvenil I. Título.

22-114470                                    CDD-028.5

            Índices para catálogo sistemático:

     1. Nelson Mandela : Biografia : Literatura
         infantojuvenil   028.5
     2. Nelson Mandela : Biografia : Literatura juvenil
         028.5

     Cibele Maria Dias - Bibliotecária - CRB-8/9427
```